무지개 나라 송구름

무지개나라 송구름

발　행 | 2023년 01월 10일
저　자 | 이혜인
펴낸이 | 한건희
펴낸곳 | 주식회사 부크크
출판사등록 | 2014.07.15.(제2014-16호)
주　소 | 서울특별시 금천구 가산디지털1로 119 SK트윈타워 A동 305호
전　화 | 1670-8316
이메일 | info@bookk.co.kr

ISBN | 979-11-410-1109-3

무지개 나라
송구름

글, 그림 이혜인

목 차

들어가는 글

이 책은 선생님의 3번째 동화로, 앞으로 만날 제자들을 위해 선생님이 아기를 낳고 키우는 시간을 쪼개 만들었습니다.

책에는 우리의 마음을 따뜻하게 할 우정과 사랑의 이야기가 담겨있습니다. 학생들이 이 책을 읽고 난 뒤 사랑하는 사람을 꽉 안아주고 싶은 마음이 들면 좋겠다는 생각으로 글을 시작했고, 살면서 겪을 이별이 결코 슬픈 일만은 아님을 느꼈으면 좋겠다는 생각으로 글을 마무리했습니다.

앞으로 만나게 될 사랑스러운 나의 제자들과, 인생의 동반자 호진, 내 모든 것 휘담, 나를 존재하게 한 부모님과 시부모님께 이 책을 바칩니다.

무지개 나라 송구름

무지개 나라에 사는 구름이는 오늘도 열심히 말썽을 부렸어요.

"송구름! 선생님이 이렇게 꾀를 부려 숙제해오면 안 된다고 했지?"

수학시간 숙제 검사를 하던 선생님은 홍시처럼 얼굴이 붉어져서는 구름이에게 말했어요. 구름이가 선생님이 내준 3장짜리 수학 숙제를 마지막 장만 풀어놓고는, 다 풀었다고 뻔뻔하게 내밀었던 거예요.

"선생님이 하라는 대로 했잖아요! 저는 앞에 2장까지 풀라고는 듣지 못했는걸요!"

"휴-. 그래. 우기는 데 장사 없지. 다음부터는 꼭 해오도록 해요. 선생님이 한 번만 봐주는 거야."

'이번 작전도 먹혔다!'

"네!"

구름이가 우쭐한 표정을 하고 큰소리로 대답했어요.

"딩동댕동-"

종이 치고 쉬는 시간이 되었어요. 선생님은 반 학생들에게 화장실을 다녀오라고 말씀하신 뒤 잠깐 교실을 나가셨어요. 선생님이 없는 사이 구름이 주변으로 친구들 몇 명이 다가왔어요.

"송구름! 거짓말쟁이! 선생님이 수학책을 3장 풀라고 분명 말씀하셨어."

수학시간, 못된 구름이의 행동을 유심히 보고 있던 짝꿍 소담이가 구름이에게 말했어요. 소담이는 구름이네 반 반장이기도 한데, 구름이가 말썽을 부릴 때면 옆에서 계속 잔소리를 하곤 했어요. 그래서 구름이는 소담이를 잔소리 대마왕이라고 불렀지요. 소담이가 구름이를 지적하자 반 친구들도 소담이의 말이 옳다며 구름이에게 한마디씩 잔소리를 시작했어요.

"송구름 거짓말쟁이!"

"선생님에게 함부로 행동하면 안 돼!"

"너는 말썽꾸러기야!"

구름이는 벌의 독침처럼 날카롭게 쏘아대는 친구들의 말에 화가 났어요. 친구들까지 구름이에게 잔소리를 하게 된 이유가 모두 다 잔소리 대마왕 소담이 때문이라고 생각했지요. 구름이는 자리에서 일어나 소담이를 있는 힘껏 밀쳤어요.

'꽈당-'

"으앙-"

넘어진 소담이가 눈물을 터뜨렸어요.

"이소담! 네가 왜 끼어들어! 내가 선생님이 수학을 어디까지 하라고 했는지 못 들었다는데! 너 때문에 다른 친구들까지 다 나한테 뭐라고 하는 거야!"

모든 말썽꾸러기가 그렇듯, 구름이도 자기가 잘못한 걸 반성하지 못했어요.

구름이의 집

"너는 도대체 왜 이렇게 엄마를 힘들게 하니!"

엄마는 선생님의 전화를 받고 학교에서 구름이를 데리고 집에 왔어요. 엄마가 집 현관문을 열자마자 번개가 강하게 내려치는 것처럼 구름이를 혼내기 시작했어요.

"송구름! 내가 정말 너 때문에 너무 속상해. 친구도 넘어뜨리고! 또 수학 문제를 안 푼 건 바로 네 잘못인데 잘못했

다고 말하기가 그렇게 힘들어? 엄마, 정말 힘들다."

"구름이다!! 구름이! 쿵쿵- 오늘 또 사고 쳤구나?"

엄마와 구름이가 집에 오자 신이 난 강아지 감자가 고개를
푹 숙인 구름이를 보며 말을 했어요.

잠깐! 강아지 감자가 말을 했다고요? 그래요! 강아지 감자
는 말을 할 수 있어요. 어떻게 감자가 말을 할 수 있는지
알려주기 전에 먼저, 구름이네 가족을 소개할게요.

구름이네 가족은 구름이, 구름이 엄마, 그리고 감자 이렇게
세 식구예요. 이 중에서 구름이 엄마는 무지개 나라에서
정말 유명한 발명가 '엄청난' 박사랍니다. (엄청난은 박사의

이름이에요!) 엄 박사는 신기하고 재미있는 발명품들을 손가락으로 셀 수도 없이 많이 만들어서 모두가 그녀를 사랑하고 존경하죠! 그리고 엄박사의 하나뿐인 우리 못난이 구름이.

구름이는 동네에서 말썽꾸러기로 유명해요. 하루에도 몇 번씩 선생님에게 혼나는 것은 물론, 학교에서는 친구들과 싸움도 자주 한단 말이죠. 그리고 구름이와 같이 자란 귀염둥이 푸들, 말하는 강아지 감자가 있어요.

감자가 말을 할 수 있는 건 엄마의 발명품 강아지 목걸이 '왈왈이' 덕분이에요! '왈왈이'는 강아지가 짖고 숨 쉬고 꼬리를 움직이는 것을 해석해서 사람의 말로 바꿔주는 장치예요. 그리고 반대로 사람이 말하는 것을 감자에게 강아지의 말로 바꿔주기도 하지요. 그래서 감자는 사람처럼 말을 하고 들을 수도 있어요.

또 엄마의 멋진 발명품 몇 가지를 더 소개해볼까요?

걸어다니는 화분

날아라신발

왈왈이

감자

구름이가 엄마 발명품 중 가장 좋아하는 것은 바로 '날아라 신발'이랍니다. 날아라 신발은 평범한 신발 밑에 빛나는 탱탱한 공 두 개가 달려있어요. 이 공은 탱탱볼처럼 탱글탱글해서 신발을 신은 사람이 힘을 주고 뛰어오르면 아주 멀리, 그리고 높이 나아갈 수 있어요. 구름이가 이 신발을 신으면 자전거로 30분이나 걸리는 거리도 단 5분 만에 '쿵쿵쿵-' 몇 걸음이면 도착할 수 있었지요. 또 신발을 신고 원하는 만큼 높이 올라갔다가 한참 뒤에 내려올 수도 있었어요. 구름이가 1학년일 때는 구름이네 반 친구들 모두 엄마가 발명한 신발을 하나씩 가지고 있을 만큼 '날아라 신발'은 무지개 나라에서 인기가 정말 많았답니다.

지금 구름이에게 날아라 신발은 없어요. 이유는 당! 연! 히! 구름이가 말썽을 부렸기 때문이겠죠? 장난꾸러기 구름이는 날아라 신발로 다른 집 담장을 넘어 옆집 아저씨네

잔디밭을 모두 망쳐놓기도 하고, 감자를 안고 하늘 구경을 시켜준다고 힘차게 뛰어오르다가 중간에 감자를 놓쳐서 감자가 크게 다칠 뻔한 적도 있었어요.

(다행히도 엄청난 박사가 미리 감자의 목줄에 달아놓은 낙하산으로 감자가 무사히 집으로 돌아올 수 있었답니다) 그때 엄마는 구름이를 크게 혼낸 후에 실험실 안에 날아라

신발을 넣어 놓고는 실험실 문에 열쇠를 달아버렸어요. 구름이가 엄마 말을 잘 들으면 다시 신발을 되찾을 수 있겠죠?

구름이의 엄마, 엄박사가 가장 좋아하는 발명품은 걸어 다니는 화분이에요. 엄마는 평소에 꽃들을 정말 사랑해서 집안 곳곳에 화분을 두어 꽃과 함께했었어요. 그런데, 엄박사가 발명을 한번 시작하면 실험을 하느라 꽃에 물도, 햇빛도 제대로 주지 못한 적이 있었던 것이지요.

엄마는 이 때문에 식물들이 메말라가는 것을 마음 아파했어요. 그래서 화분 아래에 움직이는 다리를 달아서 꽃이

물을 먹고 싶어 하면 물이 있는 곳으로, 햇볕을 쬐고 싶어 하면 해가 나는 곳으로 찾아가게 했지요.

덕분에 화분은 무럭무럭 자랄 수 있었어요. 엄마는 이렇게 다른 사람들이 쉽게 생각하지 못하는 신기한 발명품들을 많이 만들었어요. 그래서 사람들은 구름이 엄마를 "천재 발명가 엄청난 박사!" 라고 불렀던 것이에요.

요즘 엄박사는 새로운 발명품을 완성하는 것 때문에 무척 바빠요. 박사가 완성하려는 발명품은 바로바로, 우주 이동 장치인 '우주 자전거'랍니다. 엄마가 이 자전거를 만드는데 이렇게 열정적인 이유가 있어요. 엄박사님의 엄마, 바로 구름이의 할머니를 만나기 위해서예요.
구름이의 할머니는 도자기를 만드는 예술가였어요. 집에 있는 예쁜 찻잔과 그릇들은 모두 할머니 작품이래요. 할머니와 엄마는 서로를 무척 사랑하고 아꼈어요. 감자와 아기 구름이, 할머니와 엄마는 무지개 나라에서 사이좋기로 소문난 가족이었죠.

그런데 어느 날 할머니는 가족들을 두고 우주로 멀리멀리 떠나셨어요. 구름이가 아주 아기일 때 일이죠. 엄마는 할머니가 떠나려는 것을 알고 너무 슬퍼서 며칠을 먹지도, 또 잠을 잘 수도 없었어요. 그 모습을 본 할머니는 떠나기

직전 엄마를 불러 이렇게 말했어요.

"걱정하지 마. 나는 사라지는 것이 아니야. 저 먼 우주 어딘가에서 너를 기다리고 있을게."

엄청난 박사는 할머니의 말을 잊지 않고 있었어요. 그래서 우주로 가는 자전거를 발명해서 할머니를 꼭 만나고 싶다는 꿈을 키웠어요. 엄마의 노력 끝에 '우주자전거'는 거의 완성이 되었는데, 이상하게 잘 작동이 되지 않았어요. 그래서 엄마는 이 장치가 완전히 잘 움직이게 만들기 위해서 세계 여러 나라에 똑똑한 사람들이 모이는 장소에 가서 도움을 요청하느라 잠을 잘 새도 없이 바빴지요. 구름이는 자기와 놀아주지 않고 매일 일만 하는 엄마가 미웠어요.

"감자야! 나 오늘 기분 안 좋으니까 너까지 나를 건들지 마!"

엄마에게 크게 혼난 구름이가 심통이 난 목소리로 감자에게 말했어요.

"송구름! 감자에게 화풀이하지 마. 엄마가 얼마나 바쁜데 자꾸 말썽을 부리니!"

"엄마는 매일 바쁘대! 엄마는 내 엄마 아니고 박사님일 뿐이지! 나를 사랑하지 않는 것 같아! 엄마는 내 생각은 하나도 안 해!"

선생님에게 혼이 나도, 친구들에게 잔소리를 들어도, 감자가 놀려도 울지 않던 구름이가 눈에 왕 구슬만 한 눈물 덩어리를 '통- 통-'하고 떨어뜨렸어요.

"뭘 잘했다고 울면서 큰소리야! 선생님 말씀 안 듣고 친구들을 괴롭히는 행동이 잘한 일이야?"

엄마는 활활 타오르는 장작불처럼 무서운 표정을 하고서는 구름이에게 소리쳤어요. 평소 엄마라면 구름이가 눈물을 보이면 안아줬을 텐데, 친구를 다치게 한 오늘 같은 날은 엄마도 그냥 넘길 수 없었던 것이에요. 구름이의 왕 구슬 눈물로도 화가 가라앉지 않았지요. 엄마는 숨을 몇 번 고르게 쉬더니 구름이에게 다시 단호하게 말을 했어요.

"엄마는 오늘 다른 나라에서 오신 박사님을 만나서 발명품을 의논하러 가야 하니까 감자와 얌전히 집에 있어! 엄마가 많이 늦으면 옆집 진주 이모에게 전화하면 와서 봐주실 거야. 송구름! 내가 잠깐 집 비운다고 실험실에 가면 정말 더 혼날 줄 알아!"

엄마의 말에도 구름이는 토라져 대답하지 않았어요.

'흥! 엄마 없을 때 내가 실험실을 엉망으로 만들어 버릴 테

야!'

대신 구름이는 속으로 못된 생각을 하며 슬며시 미소 지었어요.

"저만 믿어요! 구름이는 제가 지킬게요!"

구름이 대신 대답한 감자가 엄마를 보며 꼬리를 흔들었어요.

"그래. 우리 귀염둥이 감자만 믿어야지. 못된 구름이 다 울면 엄마가 식탁에 차려놓은 간식을 같이 먹으렴."

엄마가 나가고 구름이와 감자는 간식을 맛있게 먹었어요. 둘은 배가 통통해져서 서로의 배를 보며 깔깔 웃었지요. 그러다 구름이는 엄마가 가지 말라고 했던 실험실이 생각났어요.

"실험실 열쇠가 어디 있더라?"

구름이는 엄마를 골탕 먹일 수 있다는 생각에 기분이 좋아졌어요.

"왈!왈! 엄 박사님이 실험실 가지 말라고 했잖아. 실험실 위험해."

옆에서 구름이를 지켜보던 감자가 구름이의 옷을 물어 당겼어요.

"나를 도와주면 내가 맛있는 간식을 하나 더 줄게!"

구름이는 감자의 약점을 아주 잘 알았지요.

엄마의 실험실

엄마의 실험실 안은 복잡하고 어두웠어요. 노을빛 안개가 실험실 안에 가득하고 달콤하고 기묘한 냄새가 실험실 곳곳에서 풍겨왔어요. 그리고 어디서 들려오는지 알 수 없는 물방울 떨어지는 소리가 실험실 가득 울렸어요.

"내가 가지고 놀 수 있는 것들이 잔뜩 있겠지!"

구름이가 심술쟁이 같은 표정을 지으며 실험실을 둘러보았어요.

"엄박사님이 들어가지 말라고 했는데…."

감자가 입에 간식을 잔뜩 문 채로 구름이를 뒤따라가며 말했어요.

"흐흐. 엄마가 모르게 하면 되지! 발명품 몇 개만 구경하다가 나오면 된다니까! 실험실 안에 불을 켜자!"

"딱-"

구름이가 실험실 안에 스위치를 찾아 불을 켜자 어두웠던 실험실이 환하게 밝아졌어요. 어두웠을 때는 보이지 않았던 엄마의 발명품들을 모두 확인할 수 있었지요. 그중 구름이의 눈길을 사로잡은 건 바로 엄마가 만들고 있는 '우주 자전거'였어요.

"우와- 이게 뭐지? 내 선물인가? 감자야. 이거 봐. 바퀴 안에 보름달처럼 동그란 구슬들이 계속 돌아가고 있어!"

구름이는 아름답게 빛나는 우주 자전거를 보자 눈이 동그래졌어요. 그리고는 평소에 자전거를 좋아하는 구름이를 위해 엄마가 선물을 만들었다고 생각했지요.

"착각은 자유라지. 말썽꾸러기 선물은 아닐 거야. 박사님이 요즘 만들고 있는 발명품 같은데?"

감자가 자전거를 보고 신난 구름이를 비웃으며 말했어요.

"똥강아지! 아니, 이건 내 선물일 거야. 엄마가 나랑 시간을 많이 보내지 못한 것이 미안해서 만든 거라고."

구름이는 감자에게 큰소리친 후 우주 자전거 위에 올라탔어요.

"어! 만지면 안 돼! 발명품들은 보기만 한다며! 박사님이 아시면 정말 화를 내실 거야!"

감자가 먹던 간식도 바닥에 내려놓고는 크게 짖으며 구름이를 말렸지만, 신난 구름이는 이미 자전거의 바퀴를 굴리고 있었어요. 자전거 바퀴가 돌아가자, 자전거는 신기하게 앞으로 나아가지 않고 공중에 붕 떠올랐어요.

"오- 이거 하늘을 나는 자전거인가? 이거 봐, 감자야. 내가 날고 있지?"

"안 돼! 내려와! 위험하다고!"

감자는 붕 떠오르는 구름이가 걱정이 되었어요. 이대로 실험실 천장을 뚫고 날아가 버릴 것 같아 떠오르는 구름이의 바지를 입으로 '앙-' 물었어요.

그런데 갑자기 자전거에서 괴상한 소리가 나더니 손잡이에서 하얀 연기가 뿜어져 나오기 시작했어요.

"-뿌-뿌, 쿵!"

우주 자전거가 그대로 바닥으로 '우당탕-' 하고 떨어졌어요.

"아이고- 내 엉덩이-"

자전거가 떨어지자 같이 넘어진 구름이가 엉덩이를 바닥에 찧었어요.

"송구름 바보! 큰일 날 뻔했잖아. 어서 나가자. 박사님이 아시면 우린 다시는 간식을 먹지 못할지도 몰라!"

놀란 감자가 제자리에서 방방 뛰며 구름이에게 나가자고 재촉했어요.

"이대로 나갈 순 없어! 엄마를 골탕 먹이고 싶다고!"

구름이는 실험실 주변을 둘러보며 가지고 놀만 한 것이 있는지 찾아보았어요. 그러다가 실험실 구석에서 엄마가 뺏어 놓은 날아라 신발을 발견했어요.

"내 신발! 여기다 숨겨놓았구나! 좋았어. 이거라도 가지고 놀아야지!"

구름이는 신발을 신고 실험실 안을 방방 뛰었어요. 감자는 그런 구름이를 말리려고 한 번 더 바지를 입으로 '앙-' 하고 물었어요.

"이렇게 뛰면 안 된다니까!"

구름이가 한 번 뛰어오르니 실험실에 있는 모든 물건이 '쿵-' 또 한 번 뛰어오르니 모든 물건이 '쿵-' 함께 뛰어오르는 것 같았어요. 구름이는 신이 났지요. 구름이가 다시 한번 뛰어오른 후 실험실 바닥에 발을 내딛는데 공중에 같이 뛰어오른 우주 자전거에서 태양처럼 눈부신 빛이 쏟아져 나오더니 실험실 안을 가득 메웠어요.
  그리고 자전거 바퀴가 쉴 새 없이 굴러가면서 바람을 일으켜 커다란 구멍을 만들었어요.

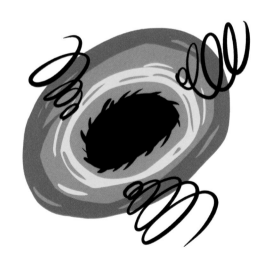

이 구멍은 청소기가 쓰레기를 쏙-하고 빨아들이는 것처럼 실험실 안의 모든 물건을 빨아들이기 시작했어요. 처음에는 작고 가벼운 실험 도구들이 빠른 속도로 빨려 들어가더니 나중에는 강아지만큼 큰 발명품들도 빨려 들어갔어요.

"악! 구름아! 구멍이 나도 끌어당기고 있어!"

물건들만 빨려 들어가는 것이 아니었어요. 몸이 가벼운 감자도 제자리에서 뱅글뱅글 회오리를 만들며 돌더니 구멍을 향해 몸이 이동하고 있었어요. 놀란 구름이가 빠르게 감자의 꼬리를 잡았어요.

"잡았다!"

구름이가 감자에게 이제 괜찮다며 안심시키려고 한 것도 잠시, 이번에는 구름이의 몸도 '붕-' 뜨기 시작했어요.

"어? 나도 끌려가네!"

구름이가 한 손으로 감자의 꼬리를 붙잡은 채 공중에 떠 구멍 쪽으로 끌려가자, 다른 한쪽 팔로 허우적대며 실험실 문의 문고리를 겨우 잡았어요.

"감자야! 내가 문고리를 잡았어! 이제 나갈 수 있어."

그 순간, 바람이 더 세게 불더니 문에서 문고리가 뜯어지며 둘은 결국 자전거가 만들어 낸 구멍으로 슉- 하고 빨려 들어가 버렸어요.

우주 자전거의 통로

"으아아아아아아아아"

"왈아아아아아아아"

어두운 밤하늘 같은 공간에 구름이와 감자는 끝없이 떨어지는 것 같았어요. 처음 떨어질 때는 눈물도 나지 않을 만큼 무서웠어요. 그런데 학교에서 수업을 듣는 시간만큼 떨어지는 시간이 지루하게 길어지자 구름이와 감자는 어느새 긴장감이 사라졌어요.

"언제까지 떨어지는 거야? 감자야, 이거 꼭 꿈꾸는 것 같다."

"나도 이제 살짝 잠이 오는 것 같아."

떨어지는 것이 지겨워질 무렵 저기 멀리서 밝은 빛이 나오는 작은 구멍 하나가 보였어요. 구멍은 점점 크기가 커졌고 눈 부신 빛은 곧 그 모습을 드러냈어요. 하얀빛은 곧 초록으로 색이 바뀌었어요.

“어! 저기 봐. 초록빛이다! 꼭 잔디밭이 나타날 것 같아. 우리 이제 무지개 마을로 돌아갈 수 있나 봐!”

“아니. 킁킁- 이건 우리가 살던 곳의 냄새가 아닌 것 같아.”

구름이가 땅을 보고 집에 다시 돌아온 줄 알았지만 감자는 강아지의 감각으로 알 수 있었어요. 둘이 우주 자전거로 도착한 곳은 미지의 세계라는 것을요! 이제 둘은 초록 땅에 점점 몸이 가까워져 왔어요. 곧 떨어지려고 하고 있었죠!

“내 왈왈이에 있는 낙하산을 펴야겠어. 구름아 나를 꽉 붙잡아!”

감자가 크게 소리쳤어요. 감자의 말에 구름이가 감자를 꽉 안았어요. 그러자 왈왈이에 숨어있던 낙하산이 펼쳐지면서 둘은 바람을 타고 천천히 초록 땅으로 내려갔어요.

“이제 착지한다! 구름아 준비해.”

구름이는 감자의 말을 듣고 감자를 더 꽉 안고 몸을 웅크렸어요.

'툭-'

구름이의 엉덩이가 초록 땅 위에 닿았어요. 무서워 몸을 웅크린 구름이의 안에 숨어있던 감자가 고개를 살짝 들어 주변을 둘러보았어요.

"구름아, 여기는 뭐지?"

초록 땅은 정말 신기했어요. 분명 땅인데 모래처럼 보이는 작은 알갱이들이 온통 초록색이었어요. 감자는 신기한 모래를 처음 보자 앞발로 모래를 파헤치며 냄새를 맡았어요.

"신기한 냄새야. 내가 처음 맡아보는 냄새인걸?"

"어떤 냄새가 나는데? 나는 잘 모르겠어."

"그냥 모래 냄새는 아닌 것 같아. 여기 사는 동물의 냄새 같은데, 어떤 동물인지 모르겠어."

구름이도 감자를 따라 고개를 숙여 땅에 코를 대고 냄새를 맡아보았어요.

"풀냄새 같기도 하고 엄마 양말 냄새 같기도 한데?"

감자는 구름이의 말에 껄껄거리며 웃다가 눈앞에 보이는 하늘을 바라보았어요.

"어? 구름아, 위를 봐. 저기 동그랗고 밝은 거 해 맞지? 해가 원래 3개가 떠 있는 거였던가?"

"무슨 소리야? 하늘에는 해가 1개, 달이 1개라고 과학 시간에 배웠는걸!"

구름이는 감자가 이상한 소리를 한다고 생각하고 하늘을 올려 보았어요. 그런데 정말로 하늘에 해가 3개나 있는 것이 아니겠어요!

"감자야. 우리가 지구가 아닌 곳에 왔나 봐."

구름이와 감자는 처음 보는 신기한 광경에 잠깐 멍하니 하늘을 바라보며 할 말을 잃었어요. 그때 감자와 구름이가 서 있는 땅에서 작은 진동이 느껴지기 시작했어요. 작은 진동은 정말 빠른 속도로 커지고 있었어요. 감자는 위험을 느낀 것처럼 갑자기 불안해하며 큰 소리로 짖었어요.

"왈! 왈! 뭔가 다가오고 있어!"

그리고는 폴-짝- 뛰어서 구름이의 품에 안겼어요.

"구름아, 달려!"

구름이는 감자의 다급한 말에 무작정 앞으로 달렸어요. 열심히 뛰는 구름이 뒤에는 초록빛 모래바람을 뿜어내는 엄청나게 큰 파란 색의 무언가가 쿵- 쿵- 땅을 울리며 빠른 속도로 다가오고 있었어요.

"이대로 가다가는 밟히겠어! 감자야 나를 더 꽉 잡아. 날아
라 신발을 이용해서 빠르게 달려야겠어!"

곧 구름이가 무릎을 살짝 굽혀 엉덩이를 낮추더니 날아라
신발을 크게 굴려 높이 뛰어올랐어요.

"여기 정말 지구가 아닌가 봐! 지구랑 다르게 더 높이 뛰
어오르는걸!"

정말이었어요. 지구에서 날아라 신발을 신었을 때보다 두 배는 더 높이 뛰어올랐어요. 구름이와 감자는 하늘 위로 높이 올라 아래를 내려다보며 자신들을 향해 다가오던 '무언가'의 모습을 확인했어요.
"저건 뭐지? 코끼리를 닮았는데 코끼리가 아니야."

파란색 피부, 코끼리만큼 큰 덩치에 기다란 코를 가졌지만 정말 코끼리는 아니었어요. 지구에 있는 코끼리는 호랑이처럼 날카로운 이빨과 등에 달린 5개나 되는 뿔을 가지고 있지는 않았거든요.

"저 이빨과 뿔에 치인다면 우리는 정말 죽을 거야!"

감자가 덜덜 떨며 말했어요.

"나도 저런 동물은 처음 봐. 뿔이 달린 파란 호랑이 코끼리라니. 근데 저 파란 코끼리들이 우리한테 왠지 화난 것 같지 않니?"

감자는 구름이의 말에 고개를 끄덕이더니 하늘에 붕- 떠 있는 감자와 구름이를 바라보며 울부짖는 뿔이 달린 파란 호랑이 코끼리들의 소리를 집중해서 들어보았어요.

"맞아. 저들은 지금 우리가 들어와서는 안 될 곳에 들어와 있다고 잔뜩 화가 나 있어. 우리가 내려오면 가만두지 않을 거래."

"오마이갓-! 여기서 어떻게 벗어나지?"

그때 저기 멀리서 반짝이는 우주 자전거가 보였어요. 둘은 동시에 우주 자전거를 발견하고는 소리쳤어요.

"우주 자전거다!"

"우주 자전거다!"

다행히 우주 자전거가 있다는 것을 파란 코끼리들은 눈치 채지 못한 것 같았어요.

"우리를 따라오는 파란 코끼리들을 어떻게 따돌린담?"

구름이가 걱정스럽게 말했어요. 저들이 만약 우주 자전거의 존재를 알아챈다면 당장이라도 거대한 발로 우주 자전거를 뭉개버릴 것 같았거든요. 그때 감자가 머리를 굴렸어요.

"좋은 생각이 있어! 내가 빠르게 달려서 파란 코끼리들을 따돌릴 테니 네가 그때 우주 자전거로 가는 거야."

"그러다 실패해서 네가 다치면 어떡해?"

구름이는 감자가 다칠까 봐 걱정되고 무서웠어요.

"괜찮아. 조심해야지."

감자가 울상을 짓고 있는 구름이를 핥아주며 말했어요. 의 젓한 감자의 말에 구름이도 용기가 났어요.

"알겠어. 우리 꼭 성공하자."

구름이는 파란 코끼리들을 피해 우주 자전거에서 최대한 멀리 떨어져 있는 곳으로 내려갈 준비를 했어요.

"셋부터 아래로 셀 거야."

구름이가 큰 소리를 숫자 세 개를 세었어요.

"셋"

구름이와 감자가 점점 땅에 가까워졌어요.

"둘, 준비해."

이제 거의 발이 땅에 닿을 것 같았어요. 파란 코끼리들은 으르렁거리며 땅으로 내려오는 구름이와 감자를 향해 달려 왔어요.

"으악. 하나! 뛰어!! 감자야!"

구름이가 땅에 감자를 놓자 감자가 정말 빠른 속도로 요리
조리 파란 코끼리들을 따돌리기 시작했어요. 구름이는 다시
날아라 신발을 굴려 우주 자전거가 있는 곳으로 향했어요.

'감자를 위해서 빨리 우주 자전거로 가야 해.'

구름이는 우주 자전거가 있는 곳으로 내려가 우주 자전거를 팔로 꼭 감싸 안고 다시 뛰어올랐어요. 그동안 감자는 지친 표정으로 열심히 파란 코끼리들을 따돌리고 있었어요.

"감자야! 여기야!"

구름이가 감자를 부르자 감자는 구름이의 목소리가 들리는 곳을 향해 빠르게 뛰었어요. 감자가 쏜살같이 도망가자 약이 잔뜩 오른 파란 코끼리들도 빠른 속도로 감자를 쫓았어요. 감자는 점점 지쳐갔어요. 달리는 속도가 늦어져 곧 파란 코끼리들에게 밟힐 것 같았어요.

'이대로 있다가는 감자가 죽겠어. 나도 감자에게 다가가야겠어!'

구름이는 감자를 향해 온 힘을 다해 달렸어요.

"왈! 왈! 위험해. 내게 다가오지 마!"

구름이가 자신을 향해 달려오는 것을 본 감자가 크게 짖으며 오지 말라 소리쳤어요.

"헥! 헥! 거의 다 왔어. 감자야! 빨리 나에게 안겨!"

둘은 드디어 만났어요. 감자가 구름이 품에 안기자 파란 코끼리들도 구름이와 감자에게 거의 가까워져 왔어요. 구름이는 지친 감자를 안고 재빨리 우주 자전거의 바퀴를 굴렸어요.

'제발. 제발 한 번에 움직여라.'

파란 코끼리들이 구름이와 감자를 밟으려고 발을 들어 올리는데 다행히 우주 자전거에서 엄청난 빛이 나더니 둘은 다시 우주 자전거의 통로로 들어갔어요. 까만 통로에 들어가자 파란 코끼리들의 땅이었던 초록빛은 점점 사라져갔어요. 코끼리들을 따돌렸다는 생각에 구름이는 안심하고 한숨을 돌리려는데 품에 안긴 감자가 힘없이 축 처져 가쁜 숨을 내쉬는 것이 느껴졌어요.

"감자야. 감자야. 일어나."

구름이가 감자를 흔들어 불러도 감자는 쉽게 깨어나지 않았어요.

"감자야. 안돼! 으앙-. 죽지 마."

구름이는 이대로 감자가 죽을까 걱정이 되었어요.

'이대로 감자가 죽는다면 나는 너무 슬퍼서 살 수가 없을

거야.'

감자가 갑자기 죽는다고 생각하자 구름이 눈에서 눈물이 폭포처럼 쏟아져 내렸어요.

"으앙-. 다 내 잘못이야. 엄마 말도 잘 듣고 네 말도 잘 들을게."

"저.. 정말? 간식도 잘 챙겨줄 거야? 콜록, 콜록"

감자가 기침하며 작은 목소리로 구름이에게 물었어요.

"어…? 응. 진짜로 엄마 말도 잘 듣고, 네 간식도 잘 챙겨줄게, 괴롭히는 것도 안 할게. 엉-엉-"

"진짜로?"

감자가 꼬리를 살살 흔들고 살짝 고개를 들며 다시 구름이에게 물었어요.

"응? 응. 진짜."

구름이가 훌쩍이며 감자에게 대답했어요.

"짠-! 나 무사해! 잠깐 지친 것뿐이라고."

감자가 몸을 일으켜 구름이의 얼굴을 핥으며 우렁찬 목소리로 말했어요.

"뭐야. 날 속였어. 으앙-. 나빠."

감자는 조금 전 뛸 때는 정말 힘들었지만, 지금은 괜찮았어요. 구름이가 반성하는 모습이 기특해서 살짝 장난을 친 것이었지요.

"구름아. 분명 말 잘 듣겠다고 약속했다?"

"몰라. 취소야 취소."

구름이는 감자 앞에서 엉-엉- 운 것이 부끄러워 볼이 붉어졌지만, 감자가 무사하다니 기분이 좋았어요.

"그래도 이렇게 다치지 않아서 다행이야."

감자는 구름이의 다정한 말에 감동하여 또 꼬리를 흔들었어요.

분홍 땅

"우리 이제 어디로 떨어질까?"

구름이의 말이 끝나기 무섭게 이번에는 멀리서 분홍빛이 보이기 시작했어요.

"감자야. 저기 봐. 이번엔 분홍 땅인가 봐. 여기도 왠지 지구는 아닐 것 같아."

"킁-킁-. 그래. 냄새도 아까와 다른 냄새가 나! 아래로 내려가야 하는데 낙하산을 써버려서 어떡하지?"

"날아라 신발이 있잖아! 날아라 신발로 잘 내려가면 무사히 내려갈 수 있을 것 같아."

"좋았어. 날 꽉 안아줘. 가자!"

구름이가 감자를 꽉 안고 날아라 신발을 이용해 분홍 땅에 내려갔어요.

"무사히 내려왔다! 날아라 신발 최고인걸!"

구름이에게 안겨 무사히 내려온 감자가 날아라 신발을 칭찬했어요. 그때였어요.

"쿵!"

뭔가 떨어지는 소리가 났어요. 그리고 곧 구름이와 감자가 떨어진 곳과 멀리 떨어진 장소에서 연기가 폴-폴- 올라왔어요.

"어? 감자야. 저기 연기 좀 봐!"

"나도 보고 있어. 왠지 불길해. 가서 한번 봐 보자."

구름이와 감자는 연기가 나는 곳으로 다가갔어요.

"이런! 우주 자전거잖아. 뒷바퀴에서 연기가 계속 나고 있어."

구름이가 올라오는 연기 냄새를 피하려 손으로 연기를 흐트러뜨리면서 감자에게 말했어요. 감자도 연기를 입으로 후후 불어가며 뒷바퀴로 가까이 다가가 바퀴를 살폈어요.

"구름아, 우주 자전거의 뒷바퀴가 완전히 고장 난 것 같아."

"망했다. 고장 난 우주 자전거로 어떻게 집으로 가지?"

구름이가 우주 자전거의 상태를 보고 울상을 지었어요.

"구름아, 너무 걱정하지 마. 그래도 아직 앞바퀴는 괜찮은 것 같아. 고칠 수 있는 방법을 찾아보자."

감자의 말에 구름이도 고개를 끄덕이며 함께 우주 자전거를 고칠 만한 것이 주변에 있는지 찾아보기로 했어요. 여기저기 둘러보던 구름이가 감자에게 말을 걸었어요.

"감자야. 그런데 여기는 온통 분홍이네. 어? 저기 봐."

구름이가 하늘을 가리켰어요.

"왈왈! 그렇네. 어? 해가 2개다! 그 전에 파란 코끼리가 있던 초록 땅에는 해가 3개였는데."

"우리가 지금 전에 초록 땅이 있던 곳과 완전히 다른 곳에 온 것이지?"

"응. 아까 있던 곳과는 전혀 다른 냄새가 나고 있어."

감자와 구름이가 분홍 땅을 둘러보며 대화를 하고 있을 때
멀리서 무언가 총총거리며 뛰어오는 소리가 들렸어요.

"총-, 슈욱-, 총- 슈욱-"

"이게 무슨 소리지?"

구름이와 감자는 잔뜩 긴장했어요. 초록빛의 땅에서처럼 무서운 파란 코끼리들이 나타나 구름이와 감자를 또 쫓아낼까 봐 걱정되었어요.

"감자야. 이리 와. 또 이상한 것들이 나타나면 바로 날아갈 준비를 하자."

구름이는 감자를 품에 안고 소리가 나는 쪽으로 다가갔어요. 소리가 점점 커지자 구름이는 언제라도 날아라 신발로 높이 뛸 수 있게 무릎을 굽히고 자세를 낮추었어요. 드디어 뛰어오던 무언가가 모습을 드러냈어요.

"총-, 슈욱-. 어? 안녕?"

"감자야. 저기 저 이상하게 생긴 식물이 우리에게 '안녕-'이라고 했어."

놀란 구름이가 감자에게 작은 목소리로 속삭였어요.

"나도 들었어. 저게 뭐지?"

감자도 너무 놀란 나머지 구름이의 말에 큰 목소리로 대답을 해버렸어요.

"저거라니. 너무한걸. 나는 이곳에 사는 총총이라고 해."

구름이와 감자에게 말을 거는 총총이는 정말 특이했어요. 생김새부터가 태어나서 처음 보는 모습이었어요. 얼핏 보면 커다란 나무에서 볼 만한 줄기 달린 이파리의 모습을 하고 있었죠. 총총이는 구름이 키만큼 기다란 키에 머리처럼 생긴 곳은 넓은 잎으로 되어있고 잎줄기 아래에는 동그란 발처럼 생긴 것이 두 개가 달려있었어요.

"미.. 미안. 우리는 지구라는 곳에서 왔어. 나는 구름이고 이 친구는 감자야."

"나도 미안해. 식물이 말을 해서 당황해서 그랬어."

"식물이 뭐야? 지구에 나와 비슷한 존재가 있나보네? 우리는 모두 말을 할 수 있어. 그리고 움직일 수도 있지. 그래야 물을 찾아다니며 먹을 수 있잖아."

구름이는 엄마가 만든 발이 달린 화분이 생각났어요.

"지구에도 너와 비슷한 존재가 있는데, 식물이라고 불러. 그런데 지구에 있는 식물은 움직일 수도, 말을 할 수도 없어. 그래서 우리 엄마는 화분에 발을 붙여놓았지."

"화분?"

"식물들의 작은 집이야. 우리 집 화분은 내 얼굴 크기만 하지."

"어머. 그 식물들은 정말 불편하겠다. 나처럼 말을 하고 스스로 움직일 수 있으면 답답하지 않고 얼마나 편한데."

자랑하듯 신이 나서 이파리를 펄럭이며 열심히 뛰는 총총이를 보고 구름이와 감자는 웃음이 터졌어요.

"하하하-"

"히히히-"

"너 정말 재밌다. 그런데 우리를 쫓아내지 않아도 되니? 우리가 여기 있어도 괜찮은 거야?"

구름이가 웃음을 멈추고 총총이에게 물었어요.

"손님을 쫓아내다니 이곳에서는 예의가 아니지. 어딘가에서 쫓겨난 경험이 있어?"

구름이와 감자는 해가 3개 떠 있던 초록 땅에서 만난 파란 코끼리들의 이야기와 날아라 신발, 그리고 우주 자전거로 여기까지 오게 된 이야기를 열심히 말해주었어요.

"오, 저런! 너희들 정말 운이 좋았구나! 그런 괴물을 만나고 살아남다니."

"그 파란 코끼리가 괴물이었구나."

구름이가 눈이 동그래져 말했어요.

"여기서는 그들을 '파란 괴물'이라고 불러. 파란 괴물들은 다른 곳에서 온 너희와 같은 존재들을 무척 싫어하지. 내가 들은 바로 여태 그곳에 가서 살아남은 손님들은 너희밖에 없는 것 같아."

구름이와 감자는 총총이의 말에 등골이 서늘했어요.

"감자야, 우리가 잘 살아남아서 다행이다. 휴, 죽을 뻔했다니."

"어? 저기 저 연기는 왜 나는 걸까?"

총총이가 한쪽에서 솔솔 피어오르는 연기가 궁금했는지 연기가 나오는 곳을 가리키며 물었어요.

"우주 자전거에서 나는 연기야. 감자와 나는 다시 저걸 타고 집으로 돌아가야 하는데 우주 자전거의 바퀴가 고장 난 것 같아서 걱정이야. 혹시 자전거를 고칠 방법이 있을까?"

"미안, 구름아. 나는 망가뜨리는 것은 잘해도 고치는 것은 잘 몰라."

"구름이랑 똑같네?"

감자가 총총이의 말에 작은 목소리로 킥킥거리며 말했어요.

"똥강아지 감자! 웃을 때가 아니야. 그럼 어떡하지? 엄마가 기다릴 텐데. 빨리 돌아가야 하는데."

감자의 장난에도 구름이는 웃지 못하고 희망을 잃은 듯 시무룩해졌어요. 그때 총총이가 뭔가 떠올랐다는 듯 다시 말을 꺼냈어요.

"아! 펄럭이라면 방법을 알 수도 있겠다!"

"펄럭이?"

"펄럭이?"

'펄럭이'는 감자와 구름이가 처음 들어보는 이름이었어요.

"여기저기 물 위를 펄럭거리며 날아다니는 내 친구야. 펄럭이는 우리 동네에서 가장 빨라. 날아다닐 때는 눈에 안 보일 정도지. 또 아는 것도 많은 정보통이라, 어쩌면 우주 자전거를 고칠 방법을 알지도 몰라. 잠깐만 기다려 봐. 여기서 크게 부르면 올 거야. 귀가 정말 밝거든! 펄럭아!!"

그러자 정말로 먼 곳에서 펄럭이가 순식간에 날아왔어요. 펄럭이도 총총이처럼 구름이와 감자가 처음 보는 신기한 모습을 하고 있었어요. 몸통은 물고기인데 보송보송한 깃털이 달린 날개 두 개가 달려있었죠.

펄럭-

"안녕! 나는 펄럭이야."

"안녕. 나는 감자야."

"안녕. 나는 구름이야."

"펄럭아. 여기 이 친구들은 아주 먼 곳에서 왔대. 초록 땅에서 파란 괴물들을 만나고도 살아남았대."

"정말? 어떻게 살아남았니?"

총총이가 구름이와 감자를 대신해서 우주 자전거와 날아라 신발 이야기를 해주었어요. 그리고 고장 난 우주 자전거를 보여주고 고칠 방법을 알고 있는지 물어봤어요.

"어쩌지, 나도 이런 건 처음 봐서 고치는 방법을 모르는 걸."

펄럭이의 말에 구름이와 감자는 또 어깨가 축 처졌어요. 그때 펄럭이가 뭔가 떠올랐다는 듯이 말했어요.

"잠깐만! 애들아, 어쩌면 퐁이가 방법을 알 수도 있겠다. 퐁이가 얼마 전에 등 껍데기가 깨졌는데 누군가 와서 고쳐 주고 갔다고 했거든!"

펄럭이의 말에 구름이와 감자는 귀가 솔깃했어요. 그리고 퐁이가 누군지도 궁금했죠.

"퐁이가 누구야?"

구름이가 물었어요.

"퐁이는 펄럭이랑 반대로 아주 느린 친구야. 길쭉하게 생겨서 뒤에 반짝반짝 빛이 나는 등 껍데기를 달고 있어. 또 퐁-퐁- 소리를 내면서 입에서 알록달록한 방울을 만들지."

총총이가 친절하게 설명해주었어요.

"퐁이는 너무 느려서 여기로 오라고 하면 한 달은 걸릴 거야. 내가 얼른 퐁이를 여기로 데리고 올게."

펄럭이가 말을 마치고 펄럭- 하고 날더니 날갯짓을 하며 순식간에 사라졌어요. 그리고 정말 1초도 되지 않아 등에 퐁이를 태우고 다시 돌아왔어요.

"안녕! 퐁아. 오랜만이야."

총총이가 퐁이를 보자 반갑게 인사했어요. 퐁이는 꼭 구름이네 집 화분에 숨어 사는 달팽이를 닮았어요. 그런데 달팽이와는 다르게 등 껍데기가 마치 다이아몬드가 박혀있는 것처럼 반짝반짝 빛이 나고 있었어요.

"퐁- 퐁- 안녕! 너희들이 구름이와 감자니?"

퐁이가 정말 입에서 방울을 퐁- 퐁- 만들어 내며 구름이와 감자에게 인사를 건넸어요.

"안녕. 펄럭이가 벌써 우리 소개를 했나 보다. 나는 구름이고 여기 이 친구는 감자야."

감자도 퐁이를 보고 반가운지 꼬리를 흔들었어요.

"펄럭이가 아주 빠르게 너희 이야기를 해주었지. 퐁- 퐁-"

"퐁아, 최근에 등 껍데기가 다쳤었다며?"

총총이가 퐁이에게 물었어요.

"응. 여기 내 등을 좀 봐. 반짝반짝 빛나는 등 아래에 분홍색 흙이 발라져 있지?"

모두가 퐁이의 등을 바라보았어요. 정말로 퐁이의 반짝거리는 등 껍데기 아래에 분홍 흙이 발라져 있었어요.

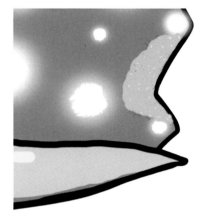

"어떻게 된 일이야?"

총총이가 퐁이에게 물었어요.

"내가 길을 가다가 앞에 있던 돌멩이를 못 보고 걸려 넘어졌는데 그때 등 껍데기가 깨져버렸지 뭐야. 나는 등 껍데기가 깨지면 말라버리잖아. '이제는 죽는구나!' 하며 슬퍼서 울고 있었는데 누군가 와서 여기에 분홍 흙을 구워서 발라주고 등 껍데기의 원래 모양대로 만들어줬어. 그래서 나는 살 수가 있었지!"

"정말 다행이야. 분홍 흙을 발라 준 친구가 아니었다면 큰 일이 날 뻔했네."

총총이가 퐁이를 위로하며 말했어요.

"퐁- 퐁-. 맞아. 좋은 친구를 만나다니 내가 운이 좋았지."

"퐁이야. 혹시 네 등 껍데기를 고친 친구를 구름이와 감자에게 소개해줄 수 있니?"

펄럭이가 물었어요.

"왜? 감자와 구름이도 등 껍데기가 깨졌니? 퐁-퐁-"

퐁이의 엉뚱한 질문에 친구들이 모두 웃었어요. 구름이도 같이 웃다가 말을 꺼냈어요.

"하-하-. 아니. 감자와 나는 다치지 않았어. 대신에 우주자전거라고, 저기 있는 내 자전거의 뒷바퀴가 망가졌지 뭐야."

"저런, 퐁-퐁- 어쩌다 망가졌니?"

구름이도 퐁이에게도 그동안 있었던 일들을 모두 말해주었어요. 이야기를 듣고 퐁이는 자신을 고쳐주었던 친구에게 구름이와 감자, 펄럭이와 총총이를 데려가 주기로 했어요.

도착한 곳은 마치 구름이와 감자가 살던 집과 비슷하게 생긴 곳이었어요. 다만 이곳은 분홍빛 흙으로 지어진 집이라서 온통 분홍빛으로 되어있었어요. 집 앞으로 다가간 구름이가 초인종을 누르려다가 잠시 멈추었어요.

"여기에 사는 친구가 혹시 나쁜 악당이면 어떡하지?"

구름이가 고민하며 감자에게 말을 하는데 퐁이가 끼어들었
어요.

"나쁠 리 없어. 내 등을 봐. 이렇게 다친 나를 고쳐주었잖
아."

"그래. 퐁이 말이 맞네."

총총이도 맞장구를 쳤어요.

"그래. 구름아. 나쁜 사람이면 또 파란 코끼리를 만났을 때
처럼 도망가면 되지! 그리고 이 집에서는 좋은 향기가 솔-
솔- 풍기는걸."

감자의 말에 구름이가 안심하고는 초인종을 눌렀어요.

"띠라리라 띠라리라라"

"초인종 소리가 정말 재밌다. 이런 소리는 처음 들어봐. 신
이 나는걸."

펄럭이가 초인종에서 나오는 음악 소리를 듣고 춤을 추자
퐁이와 총총이가 배를 잡고 웃었어요. 그때였어요. 노랫소
리가 멈추더니 집 안에서 어떤 목소리가 들려왔어요.

"누구세요?"

"아, 저는 구름이고 제 친구는 감자인데요."

구름이의 말이 다 끝나기도 전에 문이 열렸어요.

"어머나! 어서 와! 정말 많이 컸구나."

구름이는 깜짝 놀랐어요. 왜냐하면 퐁이를 구해준 분홍 집의 주인인 그 친구는 바로 구름이의 할머니였기 때문이에요! 할머니가 지구에 계실 때 구름이는 너무 어려 할머니에 대한 기억이 없지만 그래도 단번에 알 수 있었어요. 왜냐하면 집에 할머니의 사진이 항상 걸려있기 때문이죠. 엄마는 날마다 할머니의 사진을 보고 인사를 하며 하루를 시작하거든요.

"할머니??"

"그래. 나를 알아보는구나. 구름이는 엄마를 많이 닮았네. 이 친구들은?"

할머니가 구름이 뒤에 있는 친구들이 누군지 물었어요. 그때 퐁이가 앞장서 말했어요.

"퐁- 퐁- 나는 그때 도움을 받았던 퐁이야. 그리고 여기는 총총이, 여기는 펄럭이, 그리고 이 친구는 구름이와 같은 곳에서 온 감자라는 친구래."

"기억나는구나, 퐁이야. 총총이와 펄럭이도 안녕?"

"안녕?"

"안녕?"

펄럭이와 총총이도 할머니에게 인사를 했어요.

"퐁이 등 껍데기는 이제 잘 아물었니?"

"응! 거의 다 아물어서 이제 다시 반짝반짝 빛이나!"

"그래. 다행이야. 우선 모두 안으로 들어오렴."

친구들과 구름이, 감자는 할머니의 안내로 집 안으로 들어 가게 되었어요. 집안의 모든 물건은 분홍빛 흙으로 구워져 있었어요.

"여기 모두 할머니가 만드셨어요?"

구름이가 집을 구경하며 호기심에 가득 찬 얼굴로 할머니 께 물었어요.

"그럼. 내가 다 만들었지. 이 할머니 솜씨가 어떠니?"

"최고인걸요!"

할머니는 총총이, 퐁이, 펄럭이 그리고 구름이와 감자에게
달콤한 초록 젤리와 짭조름한 보라색 차를 주었어요.

친구들은 모두 신이 나서 할머니가 준비해 준 맛있는 간
식을 먹으며 즐거운 시간을 보냈어요. 구름이와 감자는 할
머니에게도 해가 3개 떠 있던 초록 땅에서 만난 파란 괴물
이야기를 해주었어요. 또 엄마가 여태까지 만든 여러 가지
발명품들도 이야기해주었지요. 할머니는 엄마 이야기에 눈
시울이 붉어지기도 했다가 또 환하게 웃음꽃을 피우기도
했어요.

어느새 하늘에 떠 있는 두 해가 저물고 달이 두 개가 떠

올랐어요. 밤이 되자, 총총이와 퐁이, 펄럭이는 가족들이 기다린다며 먼저 각자의 집으로 돌아갔어요. 구름이와 감자, 할머니는 친구들에게 작별 인사를 하고 다시 집 안으로 들어와 앉았어요.

"애들아. 나를 이렇게 찾아와 주어서 고맙다. 정말 꿈만 같구나."

"감자와 저도 할머니를 봐서 기뻐요. 엄마가 같이 왔어도 좋았을 텐데..."

"아쉽지만 어쩌겠니. 내 딸 청난이는 지금 뭘 하고 있을까?"

"박사님은 회의하러 가셨을 거예요."

감자가 꼬리를 살랑거리며 대답했어요.

"그렇구나, 엄마 말은 잘 듣지?"

할머니의 물음에 구름이는 고개를 푹 숙였어요.

"왜 그러니, 엄마 말을 잘 안 듣는 것이야?"

할머니가 따뜻한 목소리로 다시 물었어요.

"지금도 박사님 말을 안 듣고 여기 와 있는걸요?"

감자가 구름이 속도 모르고 개구쟁이처럼 대답했어요.

"죄송해요, 할머니. 사실 엄마를 괴롭히려고 실험실에 들어 갔다가 여기까지 오게 된 거예요."

구름이가 기어들어 가는 목소리로 말을 했어요.

"괜찮아. 구름이가 엄마를 괴롭히려 한 것을 보니 엄마에게 서운한 것이 많은가 보구나. 네 엄마, 엄 박사도 어렸을 때 얼마나 말을 안 들었는데."

"정말요?"

"정말요?"

구름이와 감자가 눈이 동그래져서 동시에 물었어요. 매일 열심히 일만 하는 엄마가 말을 안 들었다니 구름이에게는 정말 신기한 이야기였어요.

"그럼. 발명하겠다고 비싼 냉장고를 모두 뜯어다가 망가뜨리기도 하고, 학교에서 친구들 필통이며 물건들을 다 분해해서는 멋있게 만들어준다고 가져갔다가 엉망으로 만들어 내가 학교에도 얼마나 찾아갔다고!"

"뭐야, 엄마도 나랑 똑같잖아! 하하하!"

할머니의 말에 구름이는 너무 웃겼어요.

"구름아 또 서운한 것이 있으면 할머니에게 다 말하렴. 할머니가 대신 풀어줄게."

"사실 엄마가 너무 바빠서 저한테 관심이 없는 것 같아 서운해요."

"엄마가 한창 바쁠 때겠구나. 구름이가 속이 많이 상했겠어."

"맞아요. 제가 잘못해야 엄마가 학교에도 오고, 저랑 이야기도 더 많이 하니까 자꾸만 말썽을 부리게 되는 것 같아요."

"저런, 그런데 엄마는 네 마음도 몰라주고 계속 너만 혼을

냈구나."

"맞아요! 할머니."

구름이는 할머니가 구름이의 편을 들어주자 더 의기양양해 졌어요.

"그런데 구름이는 엄마가 널 사랑하는 걸 언제 느끼니?"

"음."

구름이는 한 번도 생각해본 적이 없는 질문에 살짝 당황했 어요. 그리고 구름이는 엄마에게 사랑을 느낀 적이 언제였 는지 곰곰이 생각해보았어요.

"저는 박사님이 절 쓰다듬어주고 맛있는 밥을 잊지 않고 챙겨주실 때 사랑을 느껴요!"

감자가 먼저 대답했어요. 감자의 말에 구름이도 하나가 생 각났어요.

"맞아요. 엄마는 아무리 바빠도 간식이랑 밥은 꼭 챙겨줘 요."

"그렇구나. 누군가에게 음식을 챙겨주는 것은 가장 큰 사랑이지. 또 있니?"

"음, 엄마는 바빠도 저한테 문제가 생기면 꼭 제가 있는 곳으로 와요!"

"그래, 그렇구나. 엄마는 바빠도 항상 구름이를 챙겨주고 있구나."

구름이는 할머니의 말을 다시 한번 생각해보았어요.

'엄마는 바빠도 날 항상 챙겨주고 있었는데 엄마의 마음을 몰라준 것은 나였구나.'

구름이의 동그란 눈에서 동글동글한 눈물방울이 똑-똑- 하고 떨어졌어요.

"제가 다 잘못한 것 같아요."

엄마는 항상 구름이를 챙겨주고 있었는데 엄마의 마음을 몰라준 것이 구름이 자신이라는 사실을 깨달았어요.

구름이가 눈물을 흘리자 감자가 앞다리를 올려 구름이를

위로해주었어요.

"구름아, 왜 울어? 할머니, 구름이가 울어요."

"괜찮아. 누구나 다른 사람 마음은 다 모를 수 있지. 구름이가 그걸 깨달았나 보다."

"구름이가 반성을 하는 거네요? 하하."

감자가 할머니 품에서 꼬리를 흔들며 웃었어요.

"엄마에게 가서 사과하고 싶어요."

"좋은 생각이야. 구름이는 아주 현명하고 똑똑한 아이구나. 구름아, 누구나 잘못은 할 수 있어. 그런데 중요한 것은 잘못했다는 사실보다 잘못하고 난 다음에 그것을 올바르게 해결하려는 마음이지."

"맞아요. 할머니. 저에게 중요한 것을 알려주셔서 감사해요."

구름이가 할머니를 꼭 껴안았어요. 그리고 할머니의 어깨를 붙잡고 말했어요.

"할머니, 같이 엄마에게 돌아가요."

그러자 할머니의 눈동자가 살짝 흔들렸어요.

"그러고 싶지만, 그럴 수 없단다."

"왜요? 우주 자전거가 있으니 엄마에게 같이 돌아갈 수 있어요!"

"나는 태양이 한 개인 곳에는 있을 수가 없단다. 그리고 너희도 여기 태양이 두 개인 곳에 오래 있을 수 없어. 파란 괴물들도 너희가 여기 있는 것을 알게 된다면 아마 가만두지 않을 거야."

구름이와 감자는 파란 괴물들에게 밟혀 죽을 뻔한 일이 떠올랐어요. 구름이와 감자가 무서워하는 표정을 짓자 할머니가 둘을 쓰다듬으며 이어 말했어요.

"이곳에 다시 오려면 또 파란 괴물을 만나야겠지. 이번에는 운이 좋았지만, 다음에는 정말 위험할 수도 있잖니. 엄마에게 여기는 위험하다고, 억지로 발명품을 만들어서 찾아오지 않아도 된다고 말해줘. 지금은 헤어지지만, 이 할머니는 엄마와 네가 언젠가 태양이 두 개인 이곳에 올 때까지 이 자리에 있으마. 나는 기다리는 것이 즐거우니, 아주 천천히 느리게 오라고 전해주렴."

그리고 할머니는 구름이에게 작은 분홍 접시 하나를 전해 주었어요. 분홍 접시에는 할머니 도자기 작품에 자주 보이던 분홍 꽃이 예쁘게 조각되어 있었어요.

할머니는 우주 자전거에서 고장 난 부분들을 분홍 흙 반죽을 발라 다시 연결해주었어요. 할머니가 몇 군데 손을 보자 우주 자전거에서 다시 빛이 나면서 자전거 주변으로 엄청난 바람들이 몰아쳤어요. 할머니는 구름이와 감자를 데리고 자전거를 재빨리 집 바로 앞으로 옮겼어요.

"애들아! 어서 가!"

할머니가 감자와 구름이에게 소리쳤어요. 구름이는 할머니의 접시와 감자를 품에 꼭 안은 뒤 자전거 위에 올라탔어요. 구름이가 자전거의 바퀴를 한 바퀴 굴리자 우주 자전거가 공중에 붕 떠올랐어요. 헬리콥터가 움직이듯 엄청나게 큰 바람이 할머니와 구름이, 감자와 우주 자전거 주변을 감쌌어요.

"할머니. 정말 감사해요. 꼭 만나요!"

감자와 구름이가 바람을 뚫고 크게 소리쳤어요.

"그래. 엄마에게 정말 사랑한다고, 너무 보고 싶다고 꼭 전해주렴!"

할머니도 떠오르며 사라져가는 우주 자전거를 향해 크게 외쳤어요.

"네! 할머니, 꼭 전할게요!"

그렇게 구름이와 감자는 다시 태양이 한 개인 무지개 나라로 돌아왔어요.

무지개 나라 우리 집

"엄마 왔다. 별일 없었지?"

엄마가 집으로 돌아왔어요. 구름이와 감자는 엄마가 오기 전 미리 집에 도착해서 일하느라 배고팠을 엄마를 위해 맛있는 토스트를 구워놓았어요.

"다녀오셨어요? 짜잔. 엄마를 위해 맛있는 간식을 준비했어요."

"박사님. 저도 도왔어요."

"이게 다 뭐야? 정말 너희가 했어?"

엄마는 구름이의 친절한 태도에 놀랐어요.

"엄마, 일하시느라 힘드셨죠?"

"왜 그래? 무슨 일 있었어? 진주 이모한테 크게 혼났니?"

엄마는 혹시 구름이가 아픈 것일까 걱정되어 구름이의 이마에 손을 짚어보았지만 열은 나지 않았어요.

"아, 안 아파요. 빨리 식탁으로 와서 이거 드세요."

구름이가 엄마의 손을 이끌고 토스트를 준비해놓은 식탁에 엄마를 앉혔어요.

"그래. 알겠어. 하하. 너무 행복해서 그래. 고마워."

엄마는 기분 좋다는 듯이 미소 지었어요. 그리고 예쁜 접시에 담긴 토스트에 딸기 잼을 발라 한입 물었어요.

"어머, 너무 맛있다!"

"박사님. 그 딸기 잼은 제가 준비했습니다."

감자의 말에 구름이와 엄마도 재밌다는 듯 크게 웃었어요. 엄마가 다시 또 토스트를 한 입 베어 물다가 토스트가 올려져 있던 접시를 봤어요. 그리고 토스트를 먹는 것을 멈추고는 접시를 들어 이리저리 살펴보더니 눈에 눈물이 가득 맺혀 반짝반짝 빛나는 눈으로 구름이에게 물었어요.

"애들아. 이거 접시 어디서 났어?"

"사실은 할머니를 만났어요."

구름이와 감자는 엄마에게 오늘 있었던 일을 모두 말했어요. 엄마는 이야기를 듣고 처음에는 깜짝 놀라 입을 다물지 못하더니 곧 할머니 이야기가 나오자 아이처럼 엉엉 울기 시작했어요. 구름이가 아빠가 없다고 놀림 받을 때도, 구름이가 말썽을 심하게 피우고 엄마를 괴롭힐 때도 잘 울지 않았던 엄마가 이번에는 정말 큰 소리로 펑펑 울었어요.

구름이는 엄마가 구름이를 안아주듯이 엄마를 꽉 안아주었어요. 그리고 토닥토닥하며 엄마에게 말을 이었어요.

"할머니가 파란 괴물들이 위험하다고 지금은 오지 말래요. 계속 기다리겠다고 천천히 오라고 했어요."

"구름아. 그 말도 전해야지!"

감자가 중간에 끼어들었어요.

"아, 그리고 사랑한다고, 보고 싶다고 전해달래요. 그리고 저도 사랑해요. 이제 정말 말썽 안 부릴게요."

엄마도 구름이를 꽉 안아주었어요.

"저도 사랑해요! 왈! 왈!"

옆에 있던 감자도 앞발을 들고 몸을 일으켜 엄마와 구름이의 볼을 핥았어요. 구름이와 감자 그리고 엄마는 토스트의 잼만큼이나 달콤한 밤을 보냈답니다. 물론, 나중에 망가진 우주 자전거와 엉망이 된 실험실을 발견한 엄마에게 감자와 구름이는 크게 혼났지요.

다음날 학교

구름이는 지난 밤 선생님에게 쓴 편지를 전했어요. 편지 안에는 그동안 거짓말을 하며 선생님을 속상하게 했던 내용과 다시는 그렇게 행동하지 않겠다는 예쁜 말이 적혀있었어요. 선생님이 편지를 받더니 글을 쭉 읽고는 방긋- 미소 지으며 구름이에게 고맙다고 말했어요.

또 구름이는 화가 잔뜩 난 짝꿍 소담이에게 먼저 말을 걸었어요.

"소담아. 네가 맞아. 내가 어제 거짓말을 해서 미안해. 어제 많이 아팠지?"

구름이의 사과에 소담이는 놀라 눈이 탁구공만큼 커졌어요. 그리고 소담이도 구름이에게 사과를 했어요.

"어, 어- 지금은 괜찮아. 나도 미안해. 먼저 사과해주어서 고마워."

구름이는 엄마와 약속했던 것처럼 말썽을 부리지 않고 선생님 말씀도 잘 들으며 감자와 행복하게 지냈답니다. 끝.